CE L'ABBIAMO FATTA.
1: May I Come In?
FINALMENTE SIAMO FUGGITI...
BLUB
BLUB BLUB
...DA QUESTA PRIGIONE ETERNA...

SE RIUSCIREMO A RAGGIUNGERE IL MONDO REALE...
...SAREMO VERAMENTE LIBERI...

WARNING!
EMERGENCY
ALLARME! ALLARME!
EMERGENZA DI PRIMO LIVELLO!
I SIGILLI DELL'ABISSO SONO STATI INFRANTI.
ABBIAMO RILEVATO LA FUGA DI SPIRITI MALIGNI.
SIETE TUTTI PREGATI DI AGIRE IMMEDIAT...
EH, SÌ...
HO L'IMPRESSIONE CHE AVRÒ DA FARE PER UN BEL PO'...

GHOST GIRL
1: May I Come In?

AKISSA SAIKÉ

GHOST GIRL

1

CONTENTS

YOKOHAMA, 20XX
...CHE VORRESTI COMPARIRE IN UN MIO FILM?
SONO SUDO, IL PRODUT-TORE.
DUNQUE, MI AVEVI DETTO...
PIACERE DI CONOSCERTI.

UHM...
UN'ATTRICE ANCORA SCO-NOSCIUTA...
HA VENT'ANNI, MA SEMBRA MOLTO PIÙ GIOVANE...
È ABBA-STANZA CARINA.
SÌ, LA PREGO.
PER CO-MINCIARE... CHE NE DICI DI PRESEN-TARTI?
UN FISICO DA BAMBINA PUÒ FARE LA DIFFERENZA PER QUANTO RIGUARDA I GUSTI DEL PUBBLICO...

IL MIO PUNTO FORTE È LA VIVACITÀ.
HO VENTOTTO ANNI!
MI CHIAMO CHLOE LOVE.

I MIEI INTERESSI SONO...
ASPETTA UN ATTIMO! HAI DETTO VENTOTTO ANNI?!
SUL CURRICULUM VITAE C'È SCRITTO VENTI...
OPS... MI SONO TOLTA QUALCHE ANNO!
?!
HO QUASI TRENT'ANNI...
...MA SPERO CHE LEI MI SCELGA COMUNQUE!
TI RIPRENDI RAPIDAMENTE, EH?

NON RIESCO A CREDERCI...
TREN-T'ANNI? MA SE NON NE DIMOSTRA NEANCHE VENTI...
DUNQUE... IN CHE RUOLI HAI RECITATO FINORA?
EHM...
CADAVERI!
PERÒ HO ANCHE FATTO UNA SERIE TV ANDATA IN ON-DA A TARDA NOTTE.
UN HORROR D'AZIONE INTITOLATO *GHOST GIRL*!
OOH...

INTERPRETAVO UNA RAGAZZA CON IL COSTUME DA NUOTO SCOLASTICO CHE COMBATTEVA IN SCENE SPLATTER ARMATA DI FALCETTI.
PERÒ NON HA AVUTO MOLTO SUCCESSO... ERA TROPPO DI NICCHIA.
QUESTA RAGAZZA È PIÙ FUSA DI QUANTO PENSASSI!
Creep...
È UN TALENTO STRAORDINARIO.
CHE FORTUNA!
MALEDETTO STUPIDO...
UH UH...

KREEK
ASSUMILA IMMEDIATAMENTE!
EH?
?!
ASSUMILA.
UN FLUSSO D'ANIMA INCORROTTO...
ACCOGLIENTE COME UN CORPO MATERNO IN CUI ALBERGA LA VITA.
GUARDALA, È UN **INVOLUCRO** MERAVIGLIOSO.
SIGNOR SUDO?
LA VOGLIAMO...
CHE MI SUCCEDE...?
SENTO DELLE VOCI NELLA TESTA...
LA VOGLIAMO...

LA VO-
GLIAMO!
KYAAH!
L-LASCIACI...
BLORGH
UN ATTIMO,
SIGNOR SU-
DO! MA CO-
SA FA...?!

LASCIACI ENTRARE...
...NEL TUO CORPOOO!

IIIIH?!
EH EH...
SARÀ UN PIACERE STARE DENTRO DI TE.
IIIIIH!
...?!
"ASCOLTA, CHLOE."
"QUESTA È LA TUA ULTIMA OPPORTUNITÀ."
LA STOFFA CE L'HAI...
...MA OGNI VOLTA CREI PROBLEMI SUL SET E TI FAI SUBITO CACCIARE VIA!
PERCHÉ LITIGHI SEMPRE CON TUTTI?!
SE VERRAI DI NUOVO ALLE MANI CON QUALCUNO, SARAI LICENZIATA!
LICENZIATA!

UGH!
...

PENSATE-LA COME VOLETE...
...MA QUEL CHE È TROPPO È TROPPO!
...
EHI!
COS'ERA QUEL RUMORE?
EH?
!
AH!

PRESTO, FERMATE QUELLA RAGAZZA!
ACCI-DENTI!
IL PRE-SIDENTE E` SVENUTO.
PRESIDENTE, COME STA?
GH...
NON CI...
EH...?
BLORGH
NON CI SCAPPE-RAIIII!

ANF! ANF!
M-MA... COS'ERANO QUELLI?
FANTASMI? COMPUTER GRAFICA?
NON MI CREDERÀ MAI...
VERRÒ SICURAMENTE LICENZIATA.
...
"QUESTA È LA TUA ULTIMA OPPORTUNITÀ, CHLOE!"
!
ECCO PERCHÉ RICADO NELLE MIE VECCHIE ABITUDINI E DIVENTO VIOLENTA...
MA COME LA METTIAMO CON LE MOLESTIE SESSUALI NEL MONDO DELLO SPETTACOLO?!

1 ICECREAM
21 ICECREAM
21 ICECREAM
21
SONO NATA E CRESCIUTA...
...IN NOTI BASSIFONDI DELLA ZONA.
QUANDO VIVEVO LÌ...
...FURTI E RAPINE ERANO ALL'ORDINE DEL GIORNO...
PER SOPRAVVIVERE...
...HO FATTO DI TUTTO.

UN GIORNO...
...ALZANDO D'UN TRATTO IL VISO SPORCO DI SANGUE E FANGO...
...FUI ATTRATTA DA UN LUCCICHIO DALL'ALTRO LATO DELLA STRADA...

IO SONO POVERA E MISERA.
PERCHE`..?
PERCHE` SIAMO COSI` DIVERSE?
E` INGIUSTO...
COSI` BELLA E FAMOSA DA ESSERE NOTA-TA DA TUTTI...
VORREI TANTO ESSERE COME LEI...
CHE RABBIA...
UN GIORNO...
...ANCH´IO AVRO` UNA VI-TA SPLENDIDA E BRILLANTE!

UH UH!
UH UH!
UH UH!
UH UH!
EH?!

NON SCAPPARE...
TI ABBIAMO TROVAAATA...
LASCIACI ENTRAREEE!
?!

Sob...
M...
MA COSA SONO?
UH?!
NO...
FERM...
N-NON VOGLIO...
QUAL-COSA...
...STA ENTRANDO NEL MIO CORPO...

GGH?!
GYAAAH!
CLAANK
?!

PER UN PELO.
Fluff...
...!
EH...?
METTERE LE MANI ADDOSSO A UNA BAMBINA COSÌ CARINA SOLO PER SODDISFARE LA LORO BRAMA DI CORPI UMANI.
CHE ESSERI FASTIDIOSI.

LE LOLITE COME TE...
...VANNO SOLO AMATE.

SEI IN GRADO DI FARCI A FETTE...
CHI DIAVOLO SEI?
T-TU DA DOVE SALTI FUORI?
LASCIACELO DIRE, QUELLA LÌ HA QUASI TRENT'ANNI!
E POI, DI QUALE BAMBINA STAI PARLANDO?
?!
NON CI POSSO CREDERE! UNA TRENTENNE COSÌ CARINA...
QUASI TRENT'ANNI?!
IN REALTÀ, NE HO VENTOTTO!

* GIOVANE CELEBRITÀ DEL MONDO DELLO SPETTACOLO.

M-MALE-DETTO!
NON AZ-ZARDARTI A RUBARCELA!
QUELLA DONNA È LA NOSTRA PREDA...
TOGLITI DI MEZZO...
...MANIACO SCHIFOSO!
MH?
SCUSATE TANTO.

?!
ANCHE SE...
...HO UN DEBOLE PER LE LOLITE...
...SONO PUR SEMPRE UN GENTILUOMO.

...
N-NON È POSSIBILE...
CHE PECCATO, UN COSÌ BEL RAGAZZO!
UN GENTILUOMO CON IL COMPLESSO DI LOLITA?
BENE, ORA È TUTTO A POSTO.
HO ELMINATO QUEGLI SPIRITI MALIGNI.
...
AH, TI CHIEDO SCUSA.
NON MI SONO ANCORA PRESENTATO.

MI CHIAMO KAI IOD.
VENGO DAL PAESE DELL'OLTRE-TOMBA.
PIACERE DI CONO-SCERTI.
O-OLTRE-TOMBA?
È IL MONDO DELL'ALDILÀ.
FORSE SAREBBE PIÙ COMPRENSIBI-LE SE DICESSI PARADISO O INFERNO?
...!

...CHLOE LOVE.
DAL VIVO SEI INFINITAMENTE PIU` SPLENDIDA...
QUINDI MI CONOSCI...
SCUSA SE HO SOLO RUOLI MINORI...
SONO UN TUO GRANDE FAN! HO VISTO TUTTE LE OPERE IN CUI HAI RECITATO!
DA QUELLE DOVE FAI LA PASSANTE A QUELLE DOVE FAI IL CADAVERE... PROPRIO TUTTE!

INOLTRE, OGGI HO SCOPERTO UN'ALTRA TUA STRAORDINARIA QUALITÀ...
LA TUA INNATA CAPACITÀ DA MEDIUM!
M-MEDIUM?
SÌ, LA FACOLTÀ DI COMUNICARE CON GLI SPIRITI.
COME GLI SCIAMANI CHE SI FANNO POSSEDERE EVOCANDO LE ANIME DEGLI ANTENATI.
CON QUESTO MAGNIFICO CORPO POTRESTI FARTI POSSEDERE DA QUALUNQUE SPIRITO.
HAI UN TALENTO ECCEZIONALE.
DI UN TALENTO COSÌ SPAVENTOSO FACCIO VOLENTIERI A MENO!
IN EFFETTI, È ANCHE PERICOLOSO...

DEVI SAPERE CHE QUALCHE SETTIMANA FA...
...C'È STATA UN'EVASIONE DI MASSA.
?
UNA MOLTITUDINE DI SPIRITI MALIGNI È FUGGITA DALL'OLTRETOMBA...
...ED È TORNATA NEL MONDO REALE.
黄泉
HADES
現世
REAL WORLD
QUI GLI SPIRITI CERCANO PRIMA DI TUTTO DEI CORPI ADATTI A CONTENERLI...
...PER CONTROLLARLI E MANIPOLARLI A LORO PIACIMENTO.
MA ALLORA...
...ANCHE QUELLI CHE PRIMA MI HANNO ASSALITA SONO...

FINORA NON HAI MAI AVUTO PROBLEMI CON GLI SPIRITI?
ASSOLU-TAMENTE NO!
I-INTENDI DIRE... CHE FORSE MI PRENDERANNO DI NUOVO DI MIRA?!
SÌ... PUÒ ESSERE.
MA PRIMA CHE AC-CADA...
...CRE-DO CHE TI SALTERÒ ADDOSSO IO!
?!
SEI IL MIO IDOLO...
MI BASTA STARTI VICINO...
...PER PERDE-RE LA TESTA!
ANF! ANF!
STAMMI LONTANO, MANIACO!

NON VOGLIO CO-STRINGERTI, CHLOE...
MI STO SFORZANDO AL MASSIMO PER MANTENERE QUESTO ASPETTO UMANO...
...MA PER RESTARE NEL MONDO REALE MI SERVE UN CORPO FISICO.
NONOSTANTE LE APPARENZE, ANCH'IO SONO UN'ENTITÀ SPIRITICA.
MI LASCERESTI ENTRARE DENTRO DI TE?
PERÒ, TI PREGO...

CON QUEL BEL VISINO ERA ANCORA PIU` INQUIETANTE...
MENO MALE, SONO RIUSCITA A SEMINARLO.
MEGLIO NON AVERCI NIENTE A CHE FARE...
E POI, TUTTI QUEI DISCORSI SULL'OLTRETOMBA E GLI SPIRITI MALIGNI NON ERANO AFFATTO NORMALI.

LE PORTE STANNO PER CHIUDERSI. SIETE PREGATI DI FARE ATTENZIONE...
PERÒ... È STATA LA PRIMA VOLTA...
...CHE QUALCUNO HA DETTO DI ESSERE UN MIO FAN.

KAI.
NON TI HO NEMMENO RINGRAZIA-TO COME SI DEVE...
UH UH...
NON C'E' BISOGNO DI RINGRAZIA-RE.

IN CAMBIO...
...MI PRENDERÒ IL TUO CORPO.
...TI AVREI SICURAMENTE RIVISTA, CHLOE.
SAPEVO CHE SE AVESSI ASPETTATO IN STAZIONE...

I-IL PRODUT-TORE?!
TSK...
!
E` INUTILE RESISTERE.

NON PER VANTARMI, MA HO PARECCHI AMICI.
MI HANNO FATTO IL FAVORE DI POSSEDERE TUTTI I PASSEGGERI DI QUESTO VAGONE.
FORZA...
ORA TOCCA A TE...
DIVENTA UNA DEI NOSTRI!

IIIH...
ASCOLTA!
PER POTER SVILUPPARE I NOSTRI POTERI NEL MONDO REALE, NOI ENTITÀ SPIRITICHE...
...DOBBIAMO NECESSARIAMENTE AVERE UN'**AFFINITÀ** COI CORPI CHE CONTROLLIAMO.
COME VEDI, SE OCCUPIAMO UNA PERSONA SENZA SELEZIONARLA...
...OTTENIAMO SOLO DEGLI IDIOTI SIMILI A ZOMBI.
INVECE, ECCO...
...MI BASTA TOCCARE IL TUO CORPO PER **SENTIRMI A CASA**.
NO...
GWIIIH...
FERMO...

SEI TU L'INVOLUCRO PERFETTO CHE HO SEMPRE DE-SIDERATO.
LE TUE CAPACITÀ DA MEDIUM RIESCONO A SPRIGIONARE I POTERI DI QUALUNQUE SPIRITO.
UUH...
STO PER ENTRA-RE...
DIVENTIAMO UNA COSA SO-LA, CHLOE!
KAI...
KAI, AIUTAMI...
"PERÒ, TI PREGO... MI LASCE-RESTI EN-TRARE...?"
FERMO...
GUOOH...
NO... NON VOGLIO CHE UN ESSERE DEL GENERE RUBI IL MIO CORPO!

PLOP
MI HAI CHIAMATO, CHLOE?

KAI!
GUEH!
CHAAN
GAH!
GYAAAAH!

SCUSA IL RITARDO.
NON RIUSCIVO A TROVARTI.
KAI, MA TU CHI DIAVOLO...?
SONO UN GHOST REAPER.
FACCIO PARTE DEL DIPARTIMENTO AMMINISTRATIVO DELL'OLTRETOMBA...
ARKHAM BULLET.

E` QUE-
STO IL MIO
COMPITO.
ELIMINO GLI
SPIRITI MALIGNI
CHE SEMINANO IL
CAOS NELL'OL-
TRETOMBA O
NEL MONDO
REALE...
SIAMO AP-
PENA EVASI... E`
IMPOSSIBILE CHE
CI ABBIATE GIA`
RINTRACCIATI!
ARKHAM
BULLET...

SONO UN'ENTITÀ SPIRITICA, QUINDI I MIEI ATTACCHI NON FUNZIONANO GRANCHÈ CONTRO UOMINI IN CARNE E OSSA.
INOLTRE, SONO SVANTAGGIATO QUANDO COMBATTO IN LUOGHI AFFOLLATI.
...!
VOLEVO TIRARMELA UN PO', MA INTANTO SVIGNIAMOCELA APPENA IL TRENO SI FERMA ALLA PROSSIMA STAZIONE.
...!
STA SCAPPANDO?
?!
ASPETTA!

WAH!
YAAH!
EH?
?
!

TSK... ARRIVANO A FROTTE...
KAI, PER DI QUA! SALENDO QUESTE SCALE SBUCHEREMO SUBITO AL-L'ESTERNO...
?!
CREDO SIA MEGLIO RISOLVERE LA FACCENDA QUI.
PRECE-DIMI.
MA...

GHOST GIRL.
?!
HO SEMPRE ASPETTATO CHE NE GIRASSERO IL SEGUITO...
LA SERIE CULT CON LA RAGAZZA CHE COMBATTE CON IL COSTUME DA NUOTO... E` LA MIA BIBBIA!

NON POSSO PERMET-TERE...
...CHE L'ATTRICE PRINCIPALE SI FACCIA MALE, NO?
STUPIDO!
LA PRIMA STAGIONE È STATA UN FLOP TOTALE.
IL SE-GUITO?!
NON USCIRÀ MAI...

STO INVECCHIANDO...
...SENZA CRESCERE DI STATURA NE` DI FAMA.
TANTO PER COMINCIARE, LA MIA CARRIERA E` ORMAI AL CAPOLINEA.
...HO SEGUITO UN SOGNO COSI` FOLLE COME QUELLO DI FARE L'ATTRICE...
NON SO NEMMENO PERCHE`...
ANF!
ANF!
ANF!

GH!
SAREBBE UN PROBLEMA SE RIUSCISSI A CHIAMARE I TUOI COMPAGNI DALL'OLTRETOMBA.
DARÒ LA CACCIA A QUELLA RAGAZZA DOPO AVERTI SISTEMATO...
MALEDIZIONE... SENZA UN CORPO FISICO NON HO ALCUNA POSSIBILITÀ DI VINCERE...
PREPARATI A MORIRE...
...ANIMA DI ARKHAM BULLET!

E ALLORA
MUOR...
BWARGH!
?!
CHLOE!

S-STUPIDA...
PERCHÈ SEI TORNATA?!
NON FARE IL DURO CON ME, KAI.
?!
VUOI POSSEDERE IL MIO CORPO...
...NON È VERO?
E-ECCO...
E POI, IL SEGUITO DI *GHOST GIRL*...
...NON USCIRÀ MAI!
È IMPOSSIBILE!
EEH?
IN FONDO, FARE L'ATTRICE ERA SOLO UN CAPRICCIO, NON HO RIMPIANTI.
VOLEVO SEMPLICEMENTE CHE IL MONDO SI ACCORGESSE DI ME...

QUINDI, SE HAI DETTO DI ESSERE UN MIO FAN...
...PER ME È SUFFICIENTE.
UCCIDETELA E DIVORATELE L'ANIMA!
FATELA FUORI!
CE LA PAGHERAI!
M-MALEDIZIONE...

VA BENE, KAI.
PER COMBATTE-RE TI SERVE UN CORPO, VERO?
VISTO CHE TU SEI IL MIO PRIMO FAN...
...TI DO IL PERMES-SO, MA SOLO PER QUESTA VOLTA...
ENTRA NEL MIO CORPO!

crack
CLANG
?!
GYAH?!

QUE-
STA NON
CI VOLEVA...
VUOLE POS-
SEDERE LA
RAGAZZA!
FERMA-
TELO!
!
CLANK

ZiP

EH...?
AH...
...
OH...

EEEH?! MA COME SONO CON-CIATA...?
KAI?!
DOVE SEI FINITO?!
K...
NON TEMERE, SONO QUI.

ADESSO, PERÒ, DEVI PENSARE CHE IO SIA QUESTA FALCE.
BE', IL MIO CORPO PRINCIPALE È DENTRO DI TE...
KAIII?!
ANCHE SE TRASFORMATO, RESTA SEMPRE UN PERVERTITO...
SONO COSÌ ECCITATO CHE STA PER USCIRMI IL SANGUE DAL NASO.
PIUTTOSTO, CHE NE DICI DEL TUO COSTUME?! NON È PERFETTO PER UNA *GHOST GIRL*?

AH! MA ALLORA... SERVENDOMI DI TE HO APPENA FATTO A PEZZI QUELLE PERSONE?!
NON LE AVRÒ MICA UCCIS...
NO... GUARDA BENE.
HAI USATO THROUGH THE BLOOD.
È UNA SKILL, CIOÈ UNA TECNICA SPIRITICA, UNA SORTA DI ABILITÀ SPECIALE...
UH...
HAI COLPITO SOLO GLI SPIRITI MALIGNI CHE SE NE ERANO IMPOSSESSATI.
I CORPI FISICI NON SONO FERITI.
QUINDI SONO VIVI...
MENO MALE...!
CHLOE, HAI UN VERO TALENTO NELL'ELIMINARE GLI SPIRITI MALIGNI!
TUTTAVIA, SEI TROPPO IN GAMBA PER AVERLO FATTO INCONSCIAMENTE.

C-CHE INVOLUCRO...
UNA SEMPLICE PRINCIPIANTE NON PUÒ TRASFORMARSI E RIUSCIRE PERSINO A USARE UNA SKILL!
È DOTATA DI POTERI LATENTI FUORI DAL COMUNE!
SAREBBE MERAVIGLIOSO...
SE RIUSCISSI A USARE QUEL CORPO...
...POTREI REALIZZARE IL MIO SOGNO DI DIVENTARE UNA **DIVINITÀ MALEFICA**, UN'ENTITÀ DI LIVELLO SUPERIORE.
E ALLORA, AMICI...
DATEMI PIÙ POTERE!

È TEM-
PO CHE AN-
CHE TU TI
UNISCA A
LORO!
I MIEI
COMPA-
GNI SONO
LA FONTE
DELLA MIA
FORZA...
!

E QU-QUELLO COS'È?
HA RADUNATO E ASSORBITO GLI ALTRI SPIRITI MALIGNI.
A QUANTO PARE, VUOLE CHE ANCHE NOI FACCIAMO PARTE DELLA SUA COMBRICCOLA.
BE', COME PUOI VEDERE, ORA SONO UNA FALCE.
EH...
ASPETTA! DOVREI COMBATTERE CONTRO QUELLO LÀ?!
NON FARTI SCONFIGGERE! FALLO FUORI, CHLOE!
MA COS'È?!
PERCHÉ NON ME LO HAI DETTO PRIMAAA?!
ECCOLO, FA' ATTENZIONE!

SEI SOLAMENTE UN'INGENUA ATTRICETTA...
...CHE NON SA NIENTE DELL'INFERNO NE' DELLE AVVERSITÀ DELLA VITA...
L'INVOLUCRO SARÀ PURE ECCELLENTE, MA IL CONTENUTO NON VALE NULLA.
UH UH...
AH AH AH AH AH AH!
...
"SOLAMENTE"..?
NON SARAI MAI AL MIO LIVELLO... IO HO ASSAPORATO IL DOLORE DEGLI ABISSI DELL'OLTRETOMBA!
FORZA, DAMMI SUBITO...
...IL TUO CORPOOO!

COSA DICEVI A PROPOSITO...
...DELLE AVVERSITÀ DELLA VITA?
EH? ASPETTA, TI SEI FORSE OFFESA?
NON SO SE SEI UNO SPIRITO MALIGNO O ALTRO...
E POI, CHI SAREBBE...
...L'ATTRICETTA?
E-EEH?

...MA SE PARLIAMO DI AVVER-SITÀ...
...IO NON SONO SECONDA A NESSU-NO!
WAH!
WAAAH!

È...
È TROPPO FORTE!
È DAVVERO...
...POTEN-TISSIMA!
CHLOE È UN SOGNO DIVENUTO REALTÀ...
CHE TALENTO! E CHE ENERGIA MENTALE!

E' UNA VERA GHOST GIRL!
!

AH... MENO MALE.
LA TRASFORMAZIONE SI E` DISSOLTA.
!
VERO, KAI?
KAI...?

CHLOE, NON È CHE VORRESTI...
...STIPULARE UN CONTRATTO CON ME?
U-UN CONTRATTO?
SÌ, UN CONTRATTO DI SUBORDINAZIONE.
OVVIAMENTE, TU SARAI LA PADRONA E IO IL SERVO.
IL SERVO?!
AH...
È FUORI DISCUSSIONE! MA COSA TI SALTA IN MENTE?
NON È CHE HAI INTENZIONE DI CHIEDERMI IN CAMBIO QUALCOSA DI TERRIBILE?
NON È QUEL TIPO DI CONTRATTO.
RICORDA CHE SEI COMUNQUE IN PERICOLO.
IL TUO CORPO E LE TUE ABILITÀ SONO COSÌ SINGOLARI CHE SE TI LASCIASSI DA SOLA POTRESTI ESSERE PRESA DI MIRA UN'ALTRA VOLTA...
...!

IN QUESTO MODO ANCH'IO POTREI VEDERE QUALCOSA DI BELLO.
?
INOL-TRE...
FIRMANDO UN CONTRATTO CON ME, MI PERMETTERAI DI PROTEGGERTI.
IL SEGUITO DI GHOST GIRL...
...DAL VIVO!
GRAZIE PER IL PENSIERO, PERÒ IO...
!
BE'...

ASPETTA! NON FARE DI TESTA TUA!
D'ORA IN POI SARÒ IL TUO FAMIGLIO.
COME PRIMA COSA TI GIURO ASSOLUTA FEDELTÀ...
KAI?! M-MA COSA...?
NON VUOI DIVENTARE FAMOSA?
NON VUOI CHE IL MONDO SI ACCORGA DI TE, CHLOE?

IN QUESTO MOMENTO, SIA L'OLTRETOMBA CHE IL MONDO REALE STANNO SUBENDO ATTACCHI SENZA PRECEDENTI.
MA, ALLO STESSO TEMPO, QUESTA POTREBBE ESSERE UN'OTTIMA OCCASIONE PER FARSI NOTARE...
"UN GIORNO ANCH'IO AVRÒ UNA VITA SPLENDIDA E BRILLANTE!"
...!
POSSIEDI LE ALI DI CHI HA UN GRANDE TALENTO...
...ANCHE SE FINORA NON NE ERI CONSAPEVOLE.
VORREI CHE TI FIDASSI DI ME.

FARÒ IN MODO CHE TU POSSA DISPIE-GARLE...
...E CHE IL TUO NOME RISUO-NI IN TUTTO IL MONDO.

2: Noel, il divoratore d'anime

CI SARÀ DA DIVERTIRSI.
MIAH AH AH!
NON CI VEDO PIÙ DALLA FAME.
HO BISOGNO DI ENTITÀ FORTI!
FATEMENE DIVORARE DI PIÙ FORTI!
SOLO LE ANIME MIGLIORI POSSONO SAZIARE IL MIO STOMACO!

OPS... CHE COIN-CIDENZA.
ECCO LE MIE PROSSIME PREDE... ♪
SEMBRANO ANCHE MOLTO APPETITOSE.

2: Noel, il divoratore d'anime

click
GRAZIE PER AVERMI ACCOMPAGNATA, KAI.
E` STATA UNA GIORNATA TREMENDA, CON L'ATTACCO DI QUEGLI SPETTRI...
...MA GRAZIE AL CIELO SONO RIUSCITA A TORNARE A CASA SANA E SALVA.

V-VUOI EN-TRARE A BERE UN TÈ?
POSSO? È UN PO' TARDI E...
BE'...
MI HAI SALVATO LA VITA, KAI.

BENE! ASPETTA UN PO' QUI FUORI.
SISTEMO UN ATTIMO L'APPARTAMENTO...
ALLORA ACCETTO IL TUO INVITO CON PIACERE...
!

DUNQUE...
VISTO CHE CI SIAMO...
NON CONOSCO LE TUE INTENZIONI, MA CI STAI PEDINANDO, VERO?
PER DI PIÙ, TRASUDI VOLONTÀ OMICIDA.
FATTI VEDERE, TU CHE TE NE STAI NASCOSTO...
303

SE SEI UN NEMICO DI CHLOE...
...NON AVRÒ PIETÀ.
...
MIAH AH AH!
SEI IN GAMBA...
E` VERO, VI STAVO PEDINANDO.

AAAH, AIUTO!
E` LA PRIMA VOLTA CHE FACCIO ENTRARE UN UOMO NEL MIO APPARTAMENTO.
E HO VENTOTTO ANNI!
AHAHAH
BE', L'HO DEFINITO "UOMO"...
...MA KAI NON E` UN ESSERE UMANO!
PERO', DEVO AMMETTERE CHE PER NON ESSERE NEANCHE VIVO...
...E` FIN TROPPO INTRAPRENDENTE...

ANCHE PRIMA...
UN CONTRATTO?
PROPRIO COSÌ, CHLOE.
UN PATTO DI SUBORDINAZIONE PER FARE DI ME IL TUO FAMIGLIO...
SE LO STIPULEREMO...
...FARÒ DI TE UN'EROINA CHE SALVERÀ IL MONDO.
UN'EROINA?!
ASPETTA UN ATTIMO, IO NON...
SEI DOTATA DI FORZA E TALENTO...

A CAUSA DEI TUOI POTERI DOVRAI FAR FRONTE A MOLTE DIFFICOLTÀ...
PROPRIO PER QUESTO TI SERVE UN CONTRATTO.
TI PREGO, FIDATI DI ME.
VOGLIO DIVENTARE IL TUO FAMIGLIO E PROTEG-GERTI...
...CHLOE LOVE.

KAI...
MA NO, BASTA! CHE COS'È, UNA PROPOSTA DI MATRIMO-NIO?!
È UNO SHOCK TROPPO FORTE PER UNA COME ME, CHE NON HA UNO STRACCIO DI SPASIMANTE!
COME GLI È SALTATO IN MENTE DI DIRE "VOGLIO PRO-TEGGERTI"...
...A UNA DONNA APPENA CONOSCIUTA?! COSÌ, IL GIOR-NO STESSO?!
"COSÌ TI SARÒ UTILE IN QUANTO FAMIGLIO."
"QUE-STA NOTTE... POSSO FER-MARMI DA TE?"
DI QUESTO PASSO...

AIUTOOO!
LE MIE FANTASIE SONO FUORI CONTROLLO!
"OVVIA-MENTE, ANCHE A LETTO!" ♡
Creep
COSÌ NON VA... STO PER-DENDO LA TESTA!
CALMA-TI, CHLOE, CALMA-TI...
EH?
ATTENTA, CHLOE!

ECCOLI! STA' AT-TENTA...
?!
EH!
EH!
?!
KAI?!

MA...
...

WAH!
MA COSA SONO?
IL TUO INVOLUCRO E LA TUA ANIMA...
...SONO FIN TROPPO AP-PETIBILI...
CInk
TE L'AVE-VO DETTO, CHLOE.
TI ASPET-TANO MOLTE DIFFICOLTÀ.
...
GYAH!
GUEH!

VERRAI AGGREDITA DI CONTI-NUO...
...DA EN-TITÀ DI QUESTO TIPO.
...
CHE BUON PROFUMINO...
MIAH AH AH...
UN ODORINO INTENSO E GUSTOSO...
!

NON E` CHE...
...MI LA-SCERESTE DIVORARE SUBITO LE VOSTRE ANIME?

AAAH... MA CHE SPRECO.
QUESTO CIBO D'EMERGENZA E' PREZIOSO...
PER DI-STRUGGERLO, VA DIVORATO COME SI DEVE.
GUH...

GNAW
AAAH... HO UN BU-CO NELLO STOMACO.
LE PREDE ORDINARIE...
...NON RIE-SCONO PIU` A PLACARE LA MIA FAME...
UGH.
OMNOM
STA MAN-GIANDO UNO SPETTRO?!
NOM

MI CHIAMO NOEL ULTHAR.
SONO VENUTO A SERVIRMI...
...DELLE VOSTRE ANIME SUCCULENTE.
!
SOUL PREDATOR...

UNA SKILL PARTICOLARE PER TRASFORMARE IN ENERGIA...
...LE ANIME DIVORATE.
!
SE LO SAI GIÀ, SARÀ TUTTO PIÙ SEMPLICE...
LASCIATE CHE VI MANGI SUBITO...
MIAH!
!
È VELOCISSIMO...

!
TI AVEVO
AVVERTITO.

GYAH!
LEI E` LA MIA PADRONA...
TOCCALA SOLO CON UN DITO E NON AVRAI SCAMPO.

QUINDI HA GIÀ DECISO TUTTO?
"PADRONA"...
...
TSK... IMPOSSIBILE...
NESSUNO PUÒ STAR DIETRO ALLA MIA VELOCITÀ...

PRO-
PRIO ORA
CHE AVEVO
MESSO IN
ORDINE!
EEEH?
VOGLIONO
COMBATTE-
RE QUI?
E` TUTTO QUI
QUELLO CHE
SAI FARE?
GH!

LA MIA COLLEZIONE DI DVD HORROR!
NO!

MIAH AH AH! CHE MERA-VIGLIA...
CREDEVO CHE NON AVREI MAI CONOSCIUTO QUALCUNO DI COSÌ FORTE...
AH...
...
MI È VENUTA ANCORA PIÙ VO-GLIA...
VOGLIO DIVORAR-LA...
...DEL-LA TUA ANIMA!
MA QUE-STO È...

LA FORZA, LE CONOSCENZE, IL NOME E ANCHE L'ASPETTO...
...SONO TUTTE COSE CHE HO RUBATO AGLI ALTRI CIBANDOMI DELLA LORO ANIMA.
PIÙ MANGIO E PIÙ DIVENTO POTENTE.
PRESTO, PRESTO, LA TUA ANIMA...
AAAH, FREMO AL SOLO PENSIERO.
CHISSÀ QUANTA ENERGIA OTTERREI DIVORANDOTI!
...
TSK...
?
...

COME... TI CHIAMI?
KAI.
MIAH AH AH... KAI...
SARO` IO A DIVORARTI, STANNE CERTO.
FINO AD ALLORA, PREPARATI E ASPETTA...
EH?

SONO IL TIPO... CHE CONSERVA IL BOCCONE PIU` GHIOTTO PER ULTIMO.
?!
EHI, ASPETTA UN MO-MEN...
SE N'E` ANDATO?
M...
MA CHI CAVOLO ERA...?

...E POI SCAPPA VIA?
ARRIVA ALL'IMPROVVISO, DEVASTA GLI APPARTAMENTI DEGLI ALTRI...
NON HA ALCUN SENSO!
!
QUELLO LÌ...
...È QUASI UNO SPIRITO MALIGNO.

QUASI...?
SOUL PREDATOR...
...DOVREBBE ESSERE UNA SKILL MALEDETTA...
SI DIVENTA PIÙ FORTI DIVORANDO, MA IL PREZZO DA PAGARE È LA FAME.
UNA FAME INFINITA, CHE PER QUANTO SI MANGI NON POTRÀ MAI ESSERE APPAGATA.
PERCIÒ, CHI CE L'HA È COSTRETTO A MANGIARE LE ANIME CHE GLI CAPITANO A TIRO.
A UN CERTO PUNTO, LA SKILL DIVORA PERFINO L'ANIMA DI CHI LA POSSIEDE...
...CHE FINISCE PER DIVENTARE UN FEROCE SPIRITO MALIGNO PRIVO DI RAZIONALITÀ.

VISTO COM'ERA RIDOTTO...
...A QUEL NOEL NON RESTA MOLTO TEMPO...
...!
LA FAME...

!
ALLORA... BASTERÀ CATTURARLO E DARGLI QUALCOSA DA MANGIARE.
PRIMA, PERÒ...
...DOVRÀ RIORDINARMI L'APPARTAMENTO FINO A FARLO BRILLARE!

ANF! ANF!
MALEDIZIONE...
UN PASTO COSÌ GUSTOSO...
SUL PIÙ BELLO NON SONO PIÙ RIUSCITO A MUOVERMI...
PRESTO... DEVO FARE QUALCOSA PER PLACARE LA FAME...
...O DIMENTICHERÒ CHI SONO E PERDERÒ IL CONTROLLO!
MIAAAH...
CHE FAME...!

OOH...
SI DIREBBE CHE TU STIA SOFFRENDO MOLTO.
...
VOI...

TI STAVAMO CERCANDO.
HAI DEVASTATO IL MIO APPARTAMENTO...
PENSAVI CHE AVREI CHIUSO UN OCCHIO?
UH UH...
HAI PROPRIO UN BUON ODORE...
MI STAI FACENDO IMPAZZIRE...
NON FARE LO SBRUFFONE. SEI COSÌ AFFAMATO DA AVER PERSO LE FORZE, NO?
IN TAL CASO...

COSA...?
QUAL-COSA DA MANGIA-RE...
...CE L'HO!

MIAH AH AH! GUSTOSO!
GOBBLE
EH?!
UGH... STA DIVORANDO IL SUO STESSO BRACCIO!
HOOWL
FA UN PO' MALE...
...MA NON POSSO PIÙ RESISTERE!
DIVORERÒ TUTTO CIÒ CHE POSSO... TUTTO!
!
OVVIAMENTE ANCHE TE, DONNA...

SU, LASCIATI SBRANA-RE...
...E SPOL-PARE!
...

STA' INDIETRO, CHLOE!
LA SUA ANI-MA È CON-TAMINATA DALLA FOL-LIA...
È NELLA CONDIZIONE DETTA DELLA CADUTA NEL-LO SPIRITO MALIGNO!
NON C'È UN MODO PER RIPORTARLO INDIETRO?
NON MI HA ANCORA...
...RIMESSO IN ORDINE L'AP-PARTAMENTO!

QUELLO LÌ HA INTENZIONE DI DIVORARTI.
NON SEI OBBLIGATA A SALVARLO...
DICI SUL SERIO?
MI DAI UNA MANO, KAI?
CRACK
CON PIACERE...
...SE È UN ORDINE DELLA PADRONA.
CLINK CLANK

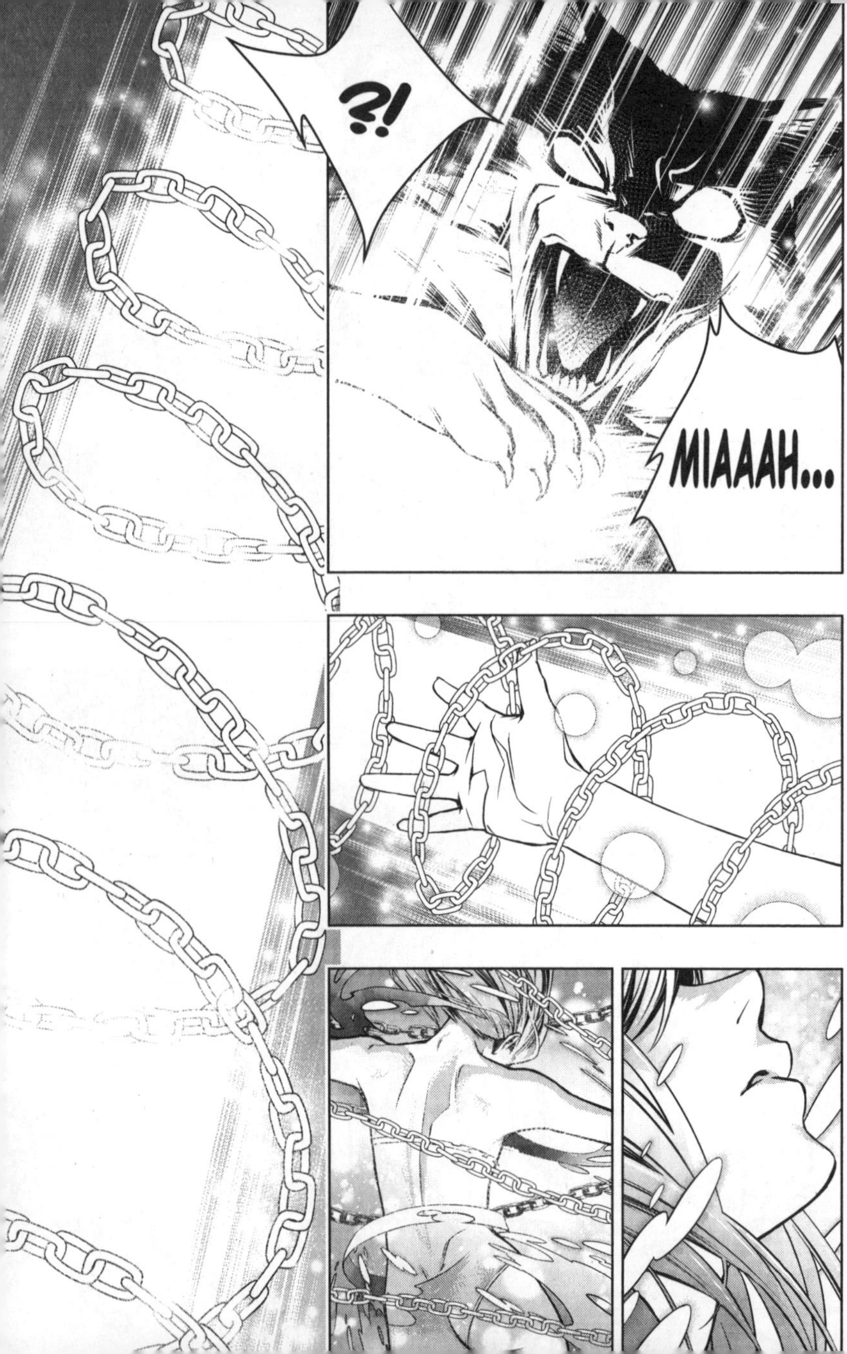
?!
MIAAAH...

ECCO A VOI...
...GHOST GIRL!
UH UH UH!
!
BREVE NOTA QUANDO KAI LA POSSIEDE, CHLOE SI TRASFORMA IN GHOST GIRL!
WAH!
...
AH, SCUSAMI! E` L'ECCITAZIONE DEL MOMENTO!
U-UN ATTIMO, KAI!
COME TI SALTA IN MENTE DI PRESENTARMI SENZA PERMESSO?

GIUSTO, CONTINUERÒ A PRESENTARTI!
ANZI, SAREBBE STRANO SE NON LO FACESSI.
PERÒ L'EROINA VA PRESENTATA, NO?
AIUTO, COME SI SPEGNE?!
EH, NO, CHLOE! DEVI CREDERE DI PIÙ IN TE STESSA!
NON HO PIÙ L'ETÀ!
E POI, NON DOVRESTI CHIAMARMI "GIRL"...
QUESTI NON SONO COMPLIMENTI, MA MOLESTIE SESSUALI...
IL TUO CORPO DA BAMBINA È IL MASSIMO!
SEI UNA SPLENDIDA LOLITA!

MUR MUR
MI PIACE!
AH AH AH...
LE MIE GUSTOSE PREDE SI SONO FUSE...
...DIVENTANDO ANCORA PIÙ SAPORITE!
!
UN'ECCEZIONALE...
...PIETANZA D'ALTA CUCINA!

... AH...
BITE
BITE
BITE
TSK, FUGGIRE NON SERVE...
TI DIVORERÒ SUBITO!
E POI...?
COSA SUCCEDERÀ DOPO CHE MI AVRAI MANGIATO?

ANCHE SE MI MANGIASSI...
SARAI SODDISFATTO?
...TI TORNEREBBE SUBITO LA FAME.
MPF...
CHI SE NE IMPORTA!
...!
MI BASTERÀ DARE LA CACCIA ALLA PROSSIMA PREDA...
NON SEGUO NESSUNA LOGICA!

QUAND'ERO IN VITA...
...ERO UN GATTO RANDAGIO E MALATICCIO.
NON HO MAI MANGIATO UNA SOLA VOLTA A SAZIETÀ!
RICORDO SOLO...
...DI AVER SEMPRE PROVATO UNA FAME LACERANTE.
SONO SOPRAVVISSUTO CIBANDOMI DEI RESTI DEI MIEI POVERI FRATELLI.
E ALLA FINE MI SONO RIDOTTO A MANGIARE LA MIA STESSA CODA.
POI... SONO STATO MALEDETTO.

ECCO COS'È QUESTA FAME CHE NON PASSA MAI, NEMMENO DA MORTI...
È SOUL PREDATOR!
NON HO ALTRA SCELTA, DEVO CONTINUARE A MANGIARE...
SÌ... ORA LA VEDO.

AH!
DANNA-
ZIONE...
POSSO SOLO
TRAFIGGERLA,
LA TUA MA-
LEDIZIONE.

UH...
UAAAH!
MI HA TRAFIT-TO!
M-MI HA... TRAFITTO...
...
U-UH?
N-NON... MI HA... TRA-FITTO?
SÌ CHE TI HO TRA-FITTO.

AARGH
MA HO COLPITO...
...QUEL COSO CHE TI POSSEDEVA!
?!

COS'È QUESTOOO?
AA...
WAAAAH!
...AH
MA COS'È?
EEH?!
FINORA SONO STATO POSSEDUTO DA QUELLO LÀ? IO?
QUINDI QUELLO...
...È SOUL PREDATOR.
ERI COLPITO DA UNA MALEDIZIONE, NO?

AA...
...
...AH...
U-UNO SPIRITO MALIGNO CHE POSSIEDE ALTRI SPIRITI?!
QUINDI ERA QUESTA LA VERA NATURA DI SOUL PREDATOR...
!
...!
S...
SONO TORNATO NORMALE?

N-NON CI POSSO CREDERE.
E TU, CHLOE...
INOLTRE, DI NORMA, DOPO LA CADUTA NELLO SPIRITO MALIGNO, NON SI DOVREBBE PIU` ESSERE IN GRADO DI TORNARE NORMALI.
NESSUNO CONOSCEVA LA VERITÀ SU SOUL PREDATOR...

SAI, ANCH'IO DA BAMBINA...
...VIVEVO NEI BASSIFONDI E FRUGAVO TRA LA SPAZZATURA.
!
LA MISERIA...
IL DOLORE...
...PATIRE LA FAME...
QUINDI SO COSA VUOL DIRE...
DEV'ESSERE STATA...
...SEMPRE DURA PER TE.
MI HAI SCONFITTO...
MIAH AH AH, HO PERSO!

E` LA PRIMA VOLTA, DA QUANDO SONO NATO...
...CHE SENTO DI AVERE LA PANCIA PIENA!

MA...
...PERCHE` MI STAI COSTRINGENDO A RIORDINARTI L'APPARTAMENTO?
MI RACCOMANDO, RENDILO ANCORA PIU` SPLENDENTE!
EEH?!
SEI UNA PADRONA CHE MALTRATTA GLI SPIRITI.
MIAH...
EH, GIA`!
HO SEMPRE SOGNATO DI ESSERE UN GATTO DOMESTICO E PASSARE LE GIORNATE A FAR NIENTE...
?
PADRONA...?

PERCIÒ DA OGGI SARÒ UN TUO FAMIGLIO...
...E MI TERRAI QUI CON TE!
?!
EHI!
MI RACCOMANDO, CIBO IN ABBONDANZA TUTTI I GIORNI!
SCORDATELO! HO GIÀ UNO SPETTRO E...
QUELLO CHE VOGLIO IO NON CONTA NIENTE?!
NON METTETE DI NUOVO TUTTO IN DISORDINE!
VEDI DI SMAMMARE! IL FAMIGLIO DI CHLOE SONO IO!
CLASH
IDIOTA! NON SAI CHE I GATTI FANNO SEMPRE DI TESTA LORO?!

3: Arkham Bullet

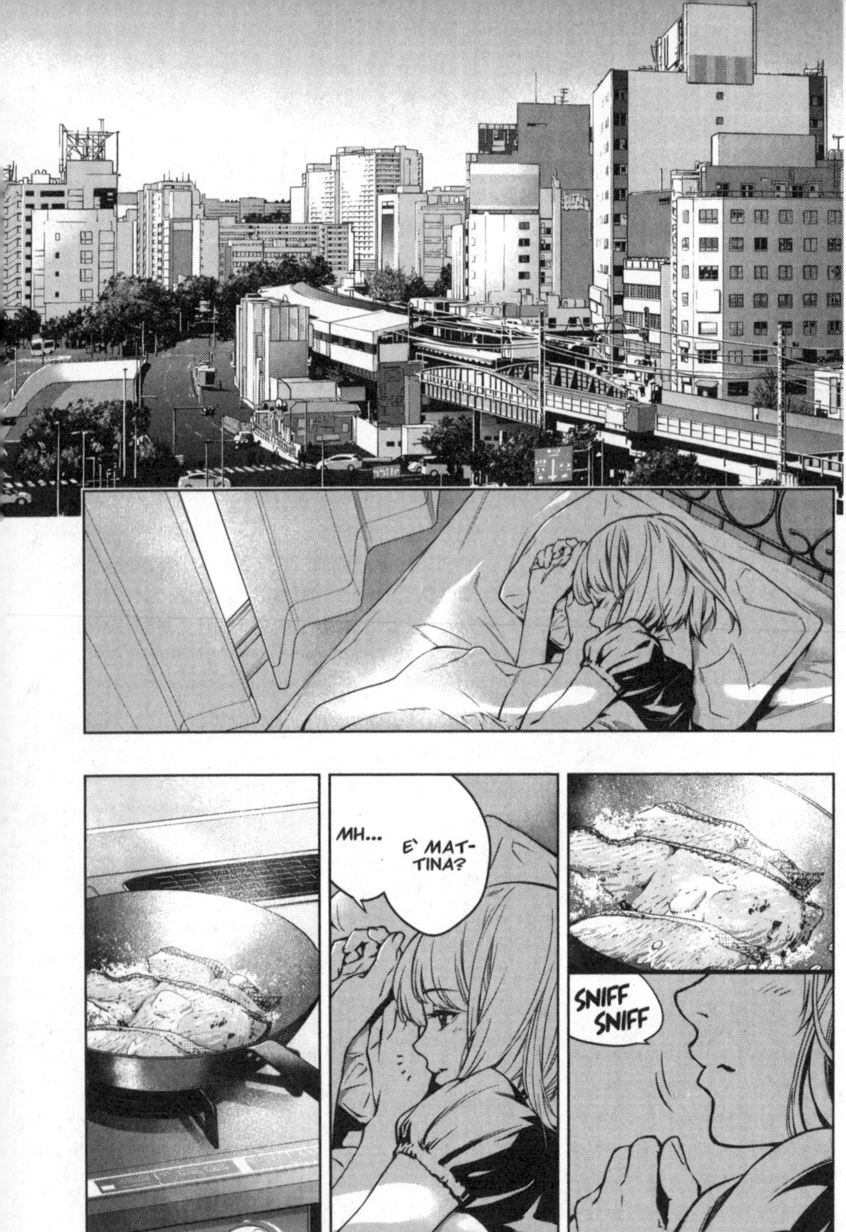
MH...
E` MAT-
TINA?
SNIFF
SNIFF

...QUESTO BUON PRO-FUMINO?!
COS'È...
AH...
BUONGIORNO, CHLOE.

KAI...
M-MA QUESTO...?

VISTO CHE SONO IL TUO FAMIGLIO...
...QUE-STA MATTINA HO PROVATO A PREPARARE LA COLAZIONE.
SPERO SIA DI TUO GRA-DIMENTO.
OOOH!
SARÀ SI-CURAMENTE BUONISSI-MAAA...
TRA PARENTESI, SONO IN GRADO DI SVOLGERE TUTTE LE FACCENDE DO-MESTICHE.
COM'È POSSIBILE? OLTRE A ES-SERE UN BEL-L'UOMO...
...È AN-CHE PIENO DI TALENTI!
!
MIAH! HO DATO UNA MANO AN-CH'IO!

NOEL...
HAI CU-CINATO ANCHE TU?
OVVIA-MENTE...
HO AS-SAGGIATO TUTTO!
MA SE MI HAI DISTUR-BATO E BASTA!
SU, FATE I BRAVI...

PREGO, SERVITI PURE.
SI PUÒ SAPERE PERCHÈ FAI QUELLA FACCIA ORGOGLIOSA?!
VERO?
CHE BONTÀ!
SEMBRA TUTTO CUCINATO DA CUOCHI PROFESSIONISTI!
MI SEMBRA DI SOGNARE...
KAI...
NOEL...

IN REALTÀ, LORO NON SONO PERSONE REALI, MA SPETTRI.
DUE ENTITÀ SINGOLARI E ONIRICHE.
IN PIÙ, SENZA INTERPELLARMI, SONO DIVENTATI ENTRAMBI MIEI FAMIGLI.
...QUESTA SITUAZIONE È FANTASTICA, ANCHE SE LORO SONO FANTASMI.
VISTO CHE SONO SOLA DA PARECCHIO TEMPO...
SEMBRA DI STARE NELL'HAREM DI UN VIDEOGIOCO PER RAGAZZE.
AH AH AH

PERÒ, NON ME L'ASPETTAVO... VOI DUE RIUSCITE A MANGIARE NORMALMENTE...
...ANCHE SE NON SIETE ESSERI UMANI?
BE', TRASFORMIAMO CIÒ CHE MANGIAMO IN ENERGIA SPIRITICA.
ANCHE QUESTA È UNA SKILL...
MIAH! PERFINO GLI SPETTRI SE NON MANGIANO PERDONO LE FORZE.
TU SEI SEMPLICEMENTE UN INGORDO.
OOH... ALLORA DOVRÒ STARE ATTENTA AL BUDGET DESTINATO AL CIBO...
BUDGET DESTINATO AL CIBO...?

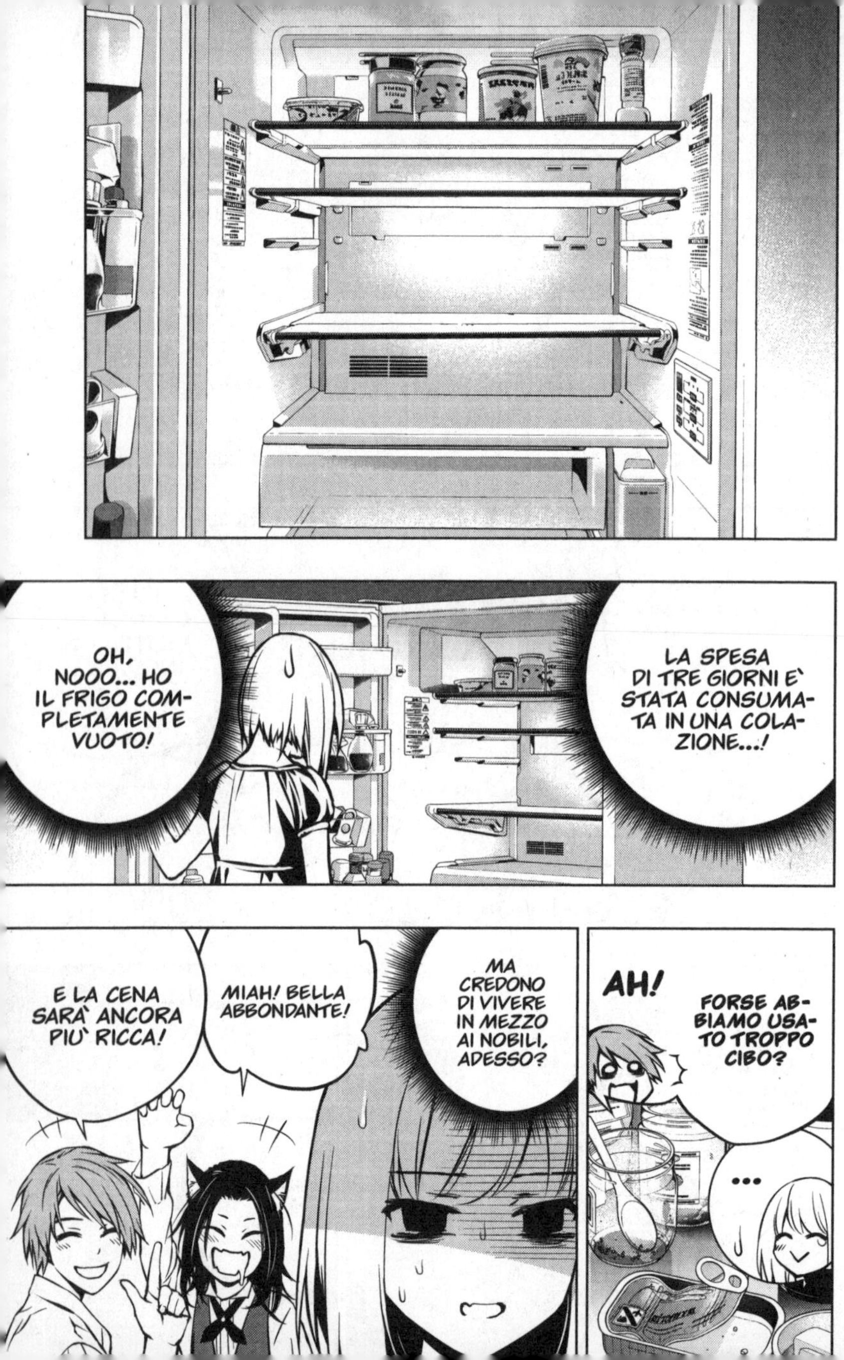
LA SPESA DI TRE GIORNI È STATA CONSUMATA IN UNA COLAZIONE...!
OH, NOOO... HO IL FRIGO COMPLETAMENTE VUOTO!
AH!
FORSE ABBIAMO USATO TROPPO CIBO?
...
MA CREDONO DI VIVERE IN MEZZO AI NOBILI, ADESSO?
MIAH! BELLA ABBONDANTE!
E LA CENA SARÀ ANCORA PIÙ RICCA!

NON VI FARÀ PIACERE SENTIRLO, MA...
...SONO UN'ATTRICE SCONOSCIUTA.
CELEBRITÀ
GENTE FAMOSA
PIRAMIDE DEL MONDO DELLO SPETTACOLO
HERE
ERBACCIA
NEL MONDO DELLO SPETTACOLO, SONO PARAGONABILE ALL'ERBACCIA.
MI PAGANO DAVVERO UNA MISERIA.
FINORA ME LA SONO CAVATA CON LAVORETTI PART-TIME...
...MA STENTO AD ARRIVARE A FINE MESE.
A PROPOSITO, QUANTO PENSATE DI RESTARE DA ME?
PER SEMPRE.
ADOTTACI!
QUINDI SIETE DEI MANTENUTI!
VADO A CERCARMI UN LAVORO.
ASPETTA!

NON PREOC-
CUPARTI.
SE TI SER-
VE UN LAVORO,
POSSO PROCU-
RARTELO IO.
EH?
TU HAI
TALENTO,
CHLOE.
POTRESTI
GUADAGNA-
RE FIN DA
SUBITO.
STAI CERCANDO DI
COINVOLGERMI IN
QUALCHE AFFA-
RE LOSCO?
NO, TI
SBAGLI!

INTENDI DIRE...
EHM...
BASTERÀ CHE TU FACCIA IL MIO STESSO LAVORO.
?!
ELIMINARE GLI SPIRITI MALIGNI.

PRIMA DI TUTTO, PER INIZIARE A GUADAGNARE CON QUEST'ATTIVITÀ...
...DEVI REGISTRARTI PRESSO LA NOSTRA SEDE...
...DOVE TI ASSEGNERANNO I PRIMI INCARICHI.

ECCOCI AD ARKHAM BULLET...
...IL DIPARTI-MENTO AMMI-NISTRATIVO.

IIIH!
TLACK TLACK TLACK
CERTO, E` IL DIPARTIMENTO AMMINISTRATIVO DEGLI SPETTRI.
KAAAIII, CHE POSTO E` QUESTO?! SEMBRA UN COVO DI ENTITÀ SPIRITICHE!

NE SEI SICURA?
NON CREDO DI ESSERE PORTATA PER UN LAVORO DEL GENERE...
E` VERO CHE HO BISOGNO DI SOLDI, MA NON...
IIIIIH!
CON LE TUE DOTI INNATE, RIUSCIRESTI A GUADAGNARE NON MENO DI XX MILIONI L'ANNO.
XX MILIONI?!
MMH, N-NON CREDEVO CHE SI GUADAGNASSE COSÌ BENE A DARE LA CACCIA AGLI SPIRITI MALIGNI...
MIAH, CHE SORRISETTO AVIDO!

TE L'AVEVO DETTO...
VEDRAI, FARÒ DI TE UN'EROINA.
!
QUESTO È IL PRIMO PASSO, CHLOE...

KYAH AH AH!
BENVENUTI AD ARKHAM BULLET!
IN COSA POSSO ES-SERVI UTILE, OGGI?
VORREMMO REGISTRARE UN NUOVO MEMBRO.
CHEEEE? MA TU SEI UN ESSERE UMANO IN CAR-NE E OSSA!
SEI UNA MEDIUM? PERCE-PISCO UN POTERE PAZZESCO!
PERCHE` ARROSSISCI? NON STA PAR-LANDO DI TE!

BE', QUI ACCOGLIAMO CHIUNQUE ABBIA TALENTO.
SPECIALMENTE ADESSO, CON TUTTI I GUAI CHE STIAMO PASSANDO.
GUAI?
MI RIFERISCO ALL'EVASIONE DI MASSA.
!
GLI SPIRITI MALIGNI FUGGITI DALL'OLTRETOMBA STANNO CAUSANDO SCOMPIGLIO IN TUTTO IL MONDO.
NEL MONDO REALE SI SUSSEGUONO GLI AVVISTAMENTI E INTERNET PULLULA DI FOTOGRAFIE DI SPIRITI MALIGNI.
SONO UNA MOLTITUDINE E NON RIUSCIAMO A STAR DIETRO A TUTTI.
ORMAI È QUASI IMPOSSIBILE INSABBIARE TUTTO...
AH, GIUSTO, DOVEVI REGISTRARTI.
ALLORA...
CHLOE LOVE.

VERIFICHEREMO IL TUO POTERE E LE TUE INCLINAZIONI IN BASE ALLA LUNGHEZZA D'ONDA DELLA TUA ANIMA.
APPOGGIA LA MANO SU QUESTO DISPOSITIVO, PREGO.
C-COSÌ?
GYAARGH

ARRESTATE-LA IMMEDIATAMENTE!
ALLARME! ALLARME!
QUESTA PERSONA E` PERICOLOSA! IMPOSSIBILE CONTINUARE LA REGISTRAZIONE!
EH...?
RIPETO...
PRENDETELI!
CATTURATELI TUTTI E TRE!
EEEEH?!

KAI...
COSA STA SUCCE-DENDO?
NON LO SO NEANCH'IO.
KYAH AH AH... MA CERTO!
TU SEI LA TIZIA DI QUEL FILMATO, EH?
?!

COME VI HO APPENA DETTO...
...ATTUALMENTE IL MONDO REALE E` IN AGITAZIONE E GLI AVVISTAMENTI DI SPETTRI SI SUSSEGUONO, UNO DOPO L'ALTRO.
TRA DI ESSI C'E` UN FILMATO CHE STA RISCUOTENDO GRANDE SUCCESSO IN RETE.
E` STATO CARICATO LA NOTTE SCORSA SUI SOCIAL NETWORK ED E` STATO CONDIVISO IN TUTTO IL MONDO...
HA SUPERATO QUASI SUBITO UN MILIONE DI VISUALIZZAZIONI, E LA SUA DIFFUSIONE NON ACCENNA A DIMINUIRE.
MOSTRA UNA RAGAZZA CHE SI TRASFORMA, COME PER MAGIA...
...E INIZIA A COLPIRE SPETTRI E PASSANTI CON UNA GROSSA FALCE.
EH...? MA QUESTA...

IN INTERNET GIRA UN VIDEO SU DI ME?!
...SONO IO!
COSÌ SI RISCHIA DI TURBARE L'ORDINE TRA L'OLTRETOMBA E IL MONDO REALE...
NON POSSIAMO FAR FINTA DI NIENTE.
DA COME HAI REAGITO, È CHIARO CHE SI TRATTA PROPRIO DI TE.
QUESTO È UN PROBLEMA... NON PUOI AGIRE DI TESTA TUA SENZA PRIMA PASSARE PER ARKHAM.
NON CI VOLEVA, È TUTTA COLPA MIA...
TSK... DEVE AVERCI FILMATO QUALCHE PASSEGGERO NELLA METROPOLITANA...
Whisper

MMH... PERÒ POTREBBE FUNZIONARE COME PUBBLICITÀ PER CHLOE, NO?
AH AH...
È PIÙ CHE PROBABILE, DIREI.
!
AH AH AH AH AH!
?!
È FANTASTICO! UN MIO VIDEO È DIVENTATO VIRALE!
CHE REAZIONE SINCERA...
MA INSOMMA, GUARDATE! UN MILIONE DI VISUALIZZAZIONI!
DA QUANDO FACCIO L'ATTRICE, È LA PRIMA VOLTA CHE VENGO NOTATA!
...

ARRE-STIAMOLI E RISERVIAMO A TUTTI E TRE...
EHI, NON CI STANNO ASCOLTANDO!
...UNA PUNIZIONE ESEMPLARE PER CHI DISTURBA L'ORDINE!
EHI, VOGLIONO LE MANIERE FORTI?
MIAH, NON LI FARÒ MAI AVVICINARE ALLA PADRONA!
NOEL, ATTENTO!

AAAH!
!
CHLOE!
KYAH AH AH!

SEI UN'INCOSCIENTE! UNA PADRONA NON USA MAI IL SUO CORPO PER PRO-TEGGERE UN FA-MIGLIO!
NGH... STO BENIS-SIMO, NON E' NULLA.
MA STAI SANGUI-NANDO...
HA PERSO FORZA! PRE-STO, ARRE-STIAMOLA!
WHIP
PER-DONAMI, CHLOE...
SONO STATO UN INGENUO.

EH?
STUPIDI! AVETE AGGREDITO LA MIA PADRONA...
...SENZA ESSERE STATI IN GRADO DI VALUTARNE LE CAPACITÀ E IL VALORE...
WHIP
WHIP
QUESTA NON È PIÙ L'ARKHAM CHE CONOSCO...

A QUANTO PARE, DEVO DARVI UNA LEZIONE.
WAAAH!
MA COSA...? AIUTO, QUESTO TIZIO È...
RITIRATA, RITIRATA!

K-KAI?!
EH...?!
TAP
!
IH IH IH... VUOI NUOVAMENTE...
...ABBANDONARTI ALLA FOLLIA?

KAI IOD, DETTO "IL FLAGELLO"!
QUANTO TEMPO...
EHILÀ... CAOS.
E COSÌ, QUELLA RAGAZZA È LA TUA ATTUALE PADRONA, EH?

IH IH IH... SO-NO SPIACENTE, SIGNORINA.
TEMO CHE I MIEI UOMINI TI ABBIANO INFA-STIDITA...
TI POR-GO LE MIE SCUSE A NOME DELLA SEZIONE DELL'ESTREMO ORIENTE.
T-TU SEI...?

IL MIO NOME E` NYARLA-THOTEP...
SO-NO UNA VECCHIA AMICA DI KAI.

4: Il caos strisciante

IH IH IH... MA CERTO, INTERES-SANTE...
CAPISCO COME MAI PIACI TAN-TO A KAI.

HAI DELLE MERAVIGLIOSE CAPACITÀ DA MEDIUM...
...CHE NESSUNO AVEVA MAI MANIFESTATO PRIMA.
PERCHÈ È COSÌ VICINA?! DOPOTUTTO, L'HO APPENA CONOSCIUTA!
EH... MA CHI È...?
FERMATI... TI PREGO!
È INCREDIBILMENTE BELLA, PERÒ...

STA' ATTENTA, CHLOE!
!
KAI?!

NON FARE LA FINTA TONTA, NYARLATHOTEP.
OH! MA COSA COMBINI, KAI?
TI SEMBRA IL MODO DI COMPORTARTI CON UNA VECCHIA AMICA?
PER GIUNTA, HAI ANCHE TENTATO DI RUBARLE UN BACIO!
HAI APPENA CERCATO DI USARE IL TUO CHARM SU CHLOE, VERO?
È PER QUESTO CHE...
...NON VOLEVO FARTELA CONOSCERE...
...CHARM?

SI AVVICINA SUBDOLAMENTE A CHIUNQUE LE PIACCIA, NON IMPORTA SE UOMO O DONNA...
...E, SENZA CHE LA VITTIMA SE NE ACCORGA, LA AFFASCINA FINO A FARLA SCIOGLIERE...
E` NYARLATHOTEP, IL CAOS STRISCIANTE.
...IL COSPLAY DA INFERMIERA E GIOCARE AL DOTTORE. ♡
INOLTRE, LE MIE ATTUALI PASSIONI SONO...
EHI, NON E` VERO! HO SOLO LA TENDENZA A INNAMORARMI FACILMENTE...
STA' LONTANO, MALEDETTO SUCCUBO!

NOEL...
...
MH? E TU CHI SEI?
UN FAMIGLIO DI CHLOE.
IL MIO ISTINTO MI DICE CHE SEI PERICOLOSA.
NON TI PERMETTERÒ DI AVVICINARTI A LEI.

IN FONDO, OGGI SIAMO VENUTI QUI...
...PER REGISTRARE CHLOE COME GHOST REAPER.
FINITO QUESTO, NON CI SERVE ALTRO.
VOLETE REGISTRARLA... MA CERTO.
UNA RAGAZZA COL TUO POTERE E` PIU` CHE BENVENUTA!

TUTTAVIA...
GYAH!

?!
VOGLIO SOLO CHLOE.
DI VOI DUE NON ME NE FACCIO NIENTE.

KAI?!
!
NON PREOCCUPATEVI PER LUI.
ANCHE SE INDEBOLITO...
...NON PUÒ SVANIRE PER COSÌ POCO.
DUNQUE... TU, INVECE, COME SEI MESSO?

NOEL!
BWORGH...

E` TERRIBILE... MA PERCHE`?!
NOEL...!
IH IH IH... SCUSAMI TANTO!
A UNA GHOST REAPER PROMETTENTE COME TE...
...LORO DUE NON SERVIREBBERO A NULLA, E` STATO PIU` FORTE DI ME!

IL FLUSSO NON SI FERMA!
DEVO CHIUDERE LA FERITA IN QUALCHE MODO!
S-STA PERDENDO ENTITÀ SPIRITICA?!
MALEDIZIONE... SONO PROPRIO UN INCAPACE.
NON FAI CHE SALVARMI...
NOEL, TIENI DURO!
C-CHE RABBIA.
!
NON VOGLIO... SPARIRE COSÌ...
...SENZA PRIMA AVER FATTO QUALCOSA PER TE.

CHLOE...?
SE TU AVESSI UN CORPO FISICO, SICURAMENTE ANCHE QUEL-LA FERITA...
EH...?
RIUSCIRESTI A POSSEDER-MI, NOEL?
SEI UN FAMIGLIO, NO?
E AL-LORA...
...CERCA DI ESSERMI D'AIUTO, NOEL!

MIAH...
crack
SEI UNA PADRONA CHE MALTRATTA GLI SPIRITI...
?!

!
MMH... MA QUE-
STO...

GHOST GIRL 1 - CONTINUA A OTTOBRE

ASPETTATIVE

EGOCENTRISMO

EGOCENTRISMO STRABORDANTE

TUTTO CONTROLLATO

DOTI RECITATIVE STRAORDINARIE

NON MI CONVINCE

GENTILUOMO E GENTILDONNA

GIORNATE NO

UUUH? COS'È TUTTA QUESTA CALMA?
NON È CHE... MI ERO FATTA STRANE IDEE?
SARÀ PERCHÉ CON GLI UOMINI NON MI È MAI ANDATA BENE...
...
BASTA, LASCIATEMI!
SEI TROPPO BELLA PER VIVERE NEI BASSIFONDI.
D'ORA IN POI MI PRENDERÒ IO CURA DI TE.
VOI UOMINI SIETE DAVVERO DISGUSTOSI!
DOVRESTE SPARIRE!

E POI, A NOTTE FONDA

GHOST GIRL

AKISSA SAIKÉ
RIKA SHIROTA
HASHIMOTO
SHU NAGATA

Editor
RYOTA KASAI
SATOSHI WATANABE

Designer
DAIJU ASAMI

SHIRO MORIYA

Soloist in a CAGE

NELLA CITTÀ PRIGIONE
COPERTA DA UN GELIDO
MANTO DI NEVE...

...UNA GIOVANE DETENUTA
PORTA AVANTI LA SUA
BATTAGLIA.

A SETTEMBRE IN LIBRERIA,
FUMETTERIA E STORE ONLINE!

starcomics.com STAR

GHOST GIRL

GHOST
Pubblicazione mensile - Anno XXI - Numero 202 - ottobre 2022
Autorizzazione Tribunale di Perugia Nr. 27/97 del 1 agosto 1997

Pubblicazione a cura di
BLUE FACTORY Srl
Via Sebastiano Serlio 35, 40128 Bologna
Direttore generale
Giovanni Bovini
Amministratore delegato
Simone Bovini
Direttore responsabile ed editoriale
Claudia Bovini
Publishing manager
Cristian Posocco
Responsabile marketing
Renato Franchi
Supervisione
Filippo Sandri
Ufficio grafico
Alcadia Snc
Via Sebastiano Serlio 35, 40128 Bologna
Redazione Alcadia
Filippo Sandri, Sabrina Daviddi,
Baldassarre Minopoli, Anna Giuliani, Mariolina Ferri,
Eleonora Baroni, Gabriele Zobele, Claudia Sermarini,
Silvia Peruffo, Andrea Piras, Stefano Tonon,
Eugenia Guerrero
Ufficio commerciale
Gianni Landi
Amministrazione
Maria Grazia Acacia, Elisa Batazzi, Luigi Codispoti
Licensing manager
Mari Nakagawa
Ufficio stampa
Chiara Pancrazi

Redazione
Claudia Calzuola e Deborah Cioccoloni
Traduzioni
Yupa
Adattamento testi
Anna Scopano
Adattamento grafico
Antonio Lo Muzio
Lettering
Lorenzo Armaroli
Editore
EDIZIONI STAR COMICS Srl
Strada Selvette 1bis/1, 06134 Bosco (PG)
www.starcomics.com - info@starcomics.com
Per richiedere i numeri arretrati
www.starcomics.com - www.starshop.it
Per la pubblicità su questo albo
Edizioni Star Comics Srl
Tel. 075 5918353
ufficiostampa@starcomics.com
Stampa e fotocomposizione
Grafiche Bovini - Bosco (PG)
Distributore esclusivo per le fumetterie
Star Shop Distribuzione Srl
Via del Piombo 30, 06134 P.te Felcino (PG)
Tel. 075 6919931/865 - Fax 075 6910652
www.starshop.it
Distributore esclusivo per le librerie
A.L.I. srl
Via Milano 73/75, 20010 Cornaredo (MI)
Tel. 02 99762430-1-2 - Fax 02 36548188
infoali@alilibri.it - www.alilibri.it

COPYRIGHT